RÉFLEXIONS

SUR L'ÉCRIT INTITULÉ :

EXAMEN IMPARTIAL

DU BUDGET, etc. ;

PAR VICTOR CASSAS,

Syndic des Courtiers de Commerce près la Bourse de Paris.

A PARIS,

Chez DELAUNAY, Libraire, Palais-Royal, Galerie de Bois ;

Et chez les Marchands de Nouveautés.

---

22 FÉVRIER 1816.

A. Bobée, Imprimeur, rue St.-Paul, n°. 2.

RÉFLEXIONS

SUR L'ÉCRIT INTITULÉ :

EXAMEN IMPARTIAL DU BUDGET, etc.

Quelque faible que soit ma voix, j'ai cru pouvoir la faire entendre sur une question qui intéresse si éminemment tous les Français ; j'ai cru devoir ajouter quelques réflexions aux observations que vient de publier M. le duc de Gaëte sur l'Ecrit intitulé, *Examen impartial du Budget*, en renouvelant l'opinion que j'ai émise lors de la discussion du Budget de 1814 (1).

(1) Voir un Ecrit intitulé : *Un Mot sur la Liquidation de l'arriéré*, 1814 ; et un autre Ecrit intitulé : *Lettre sur le Budget*, 1er. *août* 1814. Cette lettre porte la signature de mon ami M. de Langre, qui voulut bien me permettre de la faire paraître sous son nom.

Cette opinion, déjà justifiée par les événemens, se trouve encore fortifiée aujourd'hui par celle de M. le duc de Gaëte ; et j'avoue que je n'ai pas été peu flatté de me trouver d'accord avec un esprit aussi juste, et d'avoir pensé sur un sujet aussi important, comme pensait le ministre sage et éclairé, qui, pendant une longue et pénible administration, n'a pas mérité un seul reproche ; qui a soutenu, autant que cela a dépendu de lui, le crédit public, sans que l'on ait pu jamais l'accuser de s'être livré à quelques-unes de ces opérations d'agiotage si indignes des nobles fonctions du Ministère (1) ; et qui, au milieu de la corruption générale et à travers les dangers de la funeste influence de grands exemples, s'est constamment montré si honnête homme, que son nom est devenu en quelque sorte le synonime de probité.

Je ne suivrai pas l'auteur de l'*Examen impartial du Budget* dans tous les détails de son système; je laisserai de côté la partie qui traite plus particulièrement des recettes et des dé-

---

(1) M. Ganilh, dans un excellent Ecrit publié en 1814, et qui fut vivement critiqué par l'auteur de l'Examen impartial du Budjet, a démontré toute l'inconvenance, tout le danger d'un ministre agioteur.

penses, et dans laquelle M. le duc de Gaëte a relevé des erreurs si graves, qu'on a de la peine à concevoir qu'elles aient pu échapper à la plume d'un ancien employé du trésor, destiné, par la nature de ses fonctions, à établir ou à vérifier des comptes qui doivent toujours se balancer.

Je ne m'attacherai donc, dans cet Ecrit, qu'à la partie qui traite de l'emprunt de 25 millions de rentes, dans laquelle se trouve comprise la liquidation de l'arriéré.

---

§. I.

De l'Emprunt et du Crédit.

« Il sera mis, dit l'auteur du projet, 25,000,000 » de rentes à la disposition du Ministre pendant » l'année 1816.

» Ces 25,000,000 de rentes seront négociées » sur la place à 75 fr., ou bien données à ce » cours et au-dessus, en payement aux créan- » ciers de l'Etat.

» Il sera fait un fonds d'amortissement de » 100,000,000, lesquels seront destinés au ra- » chat des rentes à raison de 320,000 fr. par » chaque jour de Bourse.

» Ce projet, semblable à ces fées secourables » qui ne manifestaient leur présence que par » des bienfaits, après nous avoir, en six années, » libérés de nos charges extraordinaires et de » nos dettes arriérées, après avoir soulagé les » contribuables, sauvé les créanciers de l'état » et les finances, disparaîtrait sans laisser d'au- » tres traces de son passage que des souvenirs » de reconnaissance et d'étonnement ». (Page 100 de l'Examen du Budget).

L'un des hommes les plus judicieux qui aient écrit sur l'économie politique, disait, il y a près d'un siècle :

« Il est des systêmes de finance qui se pré-
» sentent à l'imagination d'une manière si sé-
» duisante, qu'il n'est pas possible de s'y
» refuser. On y voit des épargnes immenses
» d'hommes et de frais; on y voit toutes les
» entraves du commerce intérieur ôtées; mais
» ces grands avantages n'ont point assurément
» échappé aux yeux de tant de législateurs qui
» ont été avertis : ainsi, lorsqu'ils ne les ont
» point adoptés, on doit soupçonner que c'est
» par les grandes difficultés de l'exécution ».

Ces paroles, qui s'appliquent si naturellement au systême proposé par l'auteur de l'*Examen impartial du Budget*, nous apprennent que, dès ce tems, il y avait de ces hommes qui, d'un coup de baguette, promettent de vous tirer des plus grands embarras : *adopter leur systême, et en confier l'exécution à leurs habiles mains*, voilà tout ce qu'ils demandent, tout ce qu'ils exigent.

Il faut toutefois rendre justice à l'auteur de l'*Examen impartial du Budget*; il avoue que « c'est à l'expérience des tems antérieurs qu'il » convient de nous éclairer ».

C'est cette expérience toujours certaine que je consulterai, et je la trouverai dans l'exemple récent de l'essai d'un systême à peu près semblable, dans lequel l'auteur a eu une si grande part, et dont il nous promettait aussi *l'infaillibilité.*

En 1814, l'auteur repoussait toute idée de consolidation de la dette, comme une mesure à la fois injuste envers les créanciers, et funeste à l'établissement du crédit (1).

Des billets royaux, payables dans trois ans, et portant 8 p. 100 d'intérêt, pouvaient seuls nous libérer envers les créanciers de l'Etat d'une part, et de l'autre, ce mode de payement pouvait *seul* relever le crédit public.

Quelques mécréans objectaient à l'auteur *l'expérience des tems antérieurs*, qui nous offrait la chaîne non interrompue, des mésaventures arrivées à de semblables projets, et celle des désastres plus ou moins grands dont ils avaient laissé les traces.

Ils lui représentaient qu'il serait impossible de soutenir le crédit d'une masse de papier, telle que celle qu'exigerait la liquidation de la dette arriérée (2).

L'auteur du projet affirmait avec une *rare*

---

(1) Comparer la doctrine et les principes professés par l'auteur de l'Examen impartial du Budjet de 1816, avec ceux d'un autre Ecrit de l'auteur, ayant pour titre : Opinion du créancier de l'Etat, août 1814.

(2) Lettre sur le Budget, 1er. août 1814, pag. 6 et 7.

assurance, que les capitalistes étrangers achèteraient nos billets royaux, que leurs portefeuilles se rempliraient de ce papier; et, loin d'en craindre la dépréciation, il espérait que s'élevant au-dessus du pair, il serait bientôt dans le cas d'en diminuer l'intérêt : (1) que la rente, suivant cette hausse progressive, serait elle-même recherchée par les créanciers, dont les billets royaux n'auraient été que le moyen transitoire pour arriver au mode de liquidation que l'on espérait obtenir *de la magie de ce système.*

En vain les hommes sensés s'obstinaient-ils à opposer à ce système le caractère national, la nature de nos richesses, notre position, nos intérêts, en tout différens de ceux de l'Angleterre; les obstacles qu'avait éprouvés la Banque de France, dans l'établissement de ses comptoirs d'escompte à Lyon, à Rouen, à Lille, et qui l'avaient obligée à les supprimer après un essai dispendieux.

L'auteur de l'*Examen impartial* n'en persistait que plus fort à répondre de la solidité de son système, en rejetant sur l'ignorance, en

(1) On se rappelle que la loi du 23 septembre laisse au Ministre la faculté de diminuer l'intérêt des billets royaux, tant sa confiance était grande dans le succès de son système.

matière de crédit, le défaut de perspicacité de ses adversaires qui blâmaient son projet faute de le comprendre, et « *dont les yeux débiles* » *ne pouvaient appercevoir les hautes concep-* » *tions*... Nous étions trop heureux d'avoir » trouvé une tête assez hardie pour oser les » proposer, et une main assez habile qui sut » les mettre en œuvre (1); il fallut donc *se taire,* » *admirer et attendre* ».

Enfin, ce projet qui devait ramener l'âge d'or parmi nous, et élever le crédit public à un point que l'on aurait à peine osé concevoir, fut sanctionné par les Chambres, et la loi du 23 septembre parut.

Quelques billets du trésor, en très-petit nombre, qui circulaient pendant la discussion du projet, se négociaient facilement à 5 p. 100 d'escompte, et la rente était montée à 78 fr. 30 c. (2).

Tous les élémens de crédit que le Ministre

---

(1) Opinion du Créancier de l'Etat, pag. 26 et 27.

(2) Un véritable créancier de l'État, avec lequel je conférais quelquefois sur le système de 1814, me disait : *Je crains bien que le payement que l'on nous destine ne soit bon que pendant la discussion, et jusqu'au moment où il faudra l'effectuer.* Paroles pleines de sens et que l'événement n'a que trop justifiées.

avait désirés pour assurer le succès de son projet, furent mis dans ses mains ; la vente des bois fut commencée, la liquidation s'opérait lentement, et chacun attendait, les uns avec confiance, les autres avec anxiété, les merveilleux effets de cet étonnant système au moment de son exécution.

Ce moment arriva : on glissa avec ménagement quelques billets royaux dans la circulation.

Pleins de confiance dans le succès, les auteurs du système voulurent que le cours de ce papier fut crié à la Bourse, sans doute pour rendre leur triomphe plus éclatant aux yeux de l'Europe entière, et peut-être aussi pour appeler les capitalistes étrangers, en leur annonçant, qu'enfin les *tant désirés* billets royaux avaient paru.

La Bourse, qui entendit la première proclamer le cours de ce nouveau papier, fut celle du 23 novembre 1814. Tout le monde prêtait l'oreille, les meilleures dispositions semblaient se manifester, les journaux avaient prôné le Budget pendant deux mois ; tous les faiseurs d'affaires l'avaient célébré, tous étaient disposés à le soutenir (1) ; on avait créé une espèce de fermen-

(1) Ce décret doit être célébré avec des transports de joie dans la rue Vivienne, et être un objet d'horreur

tation financière sous la protection de laquelle les billets royaux semblaient pouvoir défier la raison, la sagesse et l'expérience. Mais, au grand étonnement, l'apparition de ce papier, semblable à la tête de Méduse, pétrifia même ses partisans les plus intrépides, et rappela subitement chez *tous*, le souvenir de *nos anciens papiers*.

Le premier cours fut coté à 3 $\frac{1}{3}$ p. 100 de perte par an, soit 10 p. 100 pour trois années, ce qui, ajouté aux 8 p. 100 d'intérêt, portait la perte à 34 fr., c'est-à-dire 11 $\frac{1}{3}$ par an.

L'on voit que les capitalistes pouvaient déjà placer leurs fonds à un intérêt honnête, j'ai presque dit passablement usuraire, et que nous étions, *dès le premier jour*, bien loin de voir se réaliser les espérances de l'auteur, qui croyait pouvoir bientôt réduire l'intérêt primitif.

Ce ne fut pourtant pas là le terme de la baisse; et, dans un court espace de 13 jours, du 23 novembre au 5 décembre, l'escompte monta à 6 $\frac{2}{3}$ par an, soit 20 p. 100 pour trois ans (1); ainsi, avec 80 fr. on achetait un effet

---

pour toute la France, s'écriait l'abbé Maury à la tribune de l'Assemblée soi-disant Constituante, en parlant du décret qui créait 400,000,000 d'assignats.

(1) Voir le cours de la Bourse, à la fin de cet Ecrit.

de 124 fr. payable dans trois ans, ce qui donne environ 17 p. 100 d'intérêt par an, ou 1 $\frac{5}{12}$ p. 100 par mois pendant 36 mois; et cependant la quantité des billets royaux en circulation n'excédait pas 36,000,000.

Le Ministre, désespérant sans doute dès-lors de soutenir un papier que tant de défaveur accablait à sa naissance, et que l'on pouvait considérer comme un enfant *mort né*, en suspendit l'émission, et fit racheter successivement 22,000,000 de ces billets; de sorte que le résultat du système des billets royaux a été de fournir au trésor un secours de 14,000,000 pendant l'espace de quatre mois, environ 116,000 fr. par jour.

Et l'auteur de l'Examen impartial du Budget, qui a été le témoin de ce décourageant essai, vient aujourd'hui nous proposer d'émettre une somme de 1,260,000 fr. de rente par jour, de laquelle, en retirant celle de 320,000 fr., il resterait en circulation la somme de 940,000 fr., ou 23 millions 500 mille fr. pour chaque liquidation de la fin du mois.

Il faut être bien confiant ou bien intrépide pour proposer de semblables projets !

On vient de voir quel avait été le résultat d'une faible émission de 36,000,000 de billets royaux, résultat qui avait été prévu par tous les hommes réfléchis qui connaissent l'histoire de nos finances fondées sur la nature de nos richesses; résultat qui avait été annoncé par les meilleurs esprits de la Chambre des Députés, pendant la discussion de la loi du 23 septembre (1); résultat tellement inhérent à la nature même du système, que l'auteur du projet, qui avait répondu du succès sur sa tête, ne pouvait en attribuer la cause à aucun événement politique, à aucun accident imprévu, puisque c'est le 23 novembre que le premier cours en fut coté, et que le 5 décembre, il fallut en arrêter l'émission et commencer le rachat.

Et cependant que d'avantages les billets royaux avaient sur les 25,000,000 de rente que l'on nous propose aujourd'hui!

Les bons royaux étaient payables dans l'espace de trois ans; ils l'étaient à jour fixe; ils donnaient 8 p. 100 d'intérêt. Le Ministre avait, à la vérité, la faculté de les escompter avant l'échéance, ou d'en diminuer l'intérêt pour ceux qui préféreraient attendre l'échéance (2); mais l'usage de cette faculté ne pouvait qu'être favorable au crédit des billets royaux; les

---

(1) Voir le Moniteur du mois d'août 1814.

(2) Art. 26 de la loi du 23 septembre.

moyens de remboursement étaient assurés (1); les forêts et les biens communaux étaient affectés à l'extinction des billets; un excédant de revenu de 70,000,000 était consacré à la même destination. Enfin, la quantité de billets à émettre tous les ans en circulation n'était pas déterminée; le Ministre avait la faculté de la combiner sur l'échelle de ses ressources, de manière à éviter un encombrement sur la place; il pouvait accélérer ou retarder la liquidation, et ce moyen paraissait entrer si bien dans ses combinaisons, que l'auteur de l'*Examen impartial du Budget*, page 49, porte à 420,000,000 le produit des 70,000,000 d'excédant de revenu annuel consacré à la libération de la dette; ce qui fixe à 6 ans le dernier terme de payement (2).

A tous ces moyens de soutenir le crédit des

---

(1) Le Ministre avait en outre la faculté d'ouvrir un emprunt hypothéqué sur les forêts, et dont le produit était également destiné au rachat des billets royaux (art. 30 de la loi).

(2) On ne peut s'empêcher de remarquer, dans ce calcul, une contradiction manifeste avec les principes énoncés par le Ministre, dans son discours de proposition du Budget, « de mettre *promptement* dans les mains » des créanciers, des valeurs qui représentent sans fiction » l'intégrité de leur créance ».

billets que je viens d'énumérer, il faut ajouter l'empressement *annoncé et promis*, des capitalistes étrangers à rechercher ce papier, qui, au bénéfice d'un intérêt de 8 p. 100, réunissait la facilité de pouvoir se négocier comme une lettre de change, puisque le payement en était stipulé à jour fixe.

Eh bien, ces prétendus avantages n'ont pu le sauver d'un discrédit si rapide, que sa marche en a été arrêtée dès les premiers jours de son apparition.

Que serait-ce donc d'une somme de 25,000,000 de rentes qu'il faudrait émettre pendant les neuf derniers mois de l'année, et dont l'émission serait d'une nécessité si urgente, que l'auteur du projet, ayant porté en recette, pour l'année 1816, une somme de 400,000,000, pour le produit de ces rentes; et cette recette, encore, se trouvant indispensable pour assurer le service courant, rien n'en saurait différer la réalisation sans compromettre tous les services, et suspendre même la marche de l'administration.

Quel est celui qui ne serait effrayé d'un pareil état de choses, et qui oserait en calculer les suites?

Chacun de nous connaît la position de la France; nul n'a besoin pour cela d'avoir été ministre ou premier commis de finances : nous savons tous combien le service de l'année 1816 est urgent, et combien il exige de ponctualité.

Supposons donc que le projet de l'auteur de l'*Examen impartial du Budget* fût adopté; que dès le 1er avril, les 25,000,000 de rentes fussent mis à sa disposition;

Le premier effet que produirait la nouvelle loi, serait d'annoncer aux capitalistes étrangers que depuis le 1er. avril jusqu'au 31 décembre, il y aura à vendre, à la bourse de Paris, 25 millions de rentes, c'est-à-dire environ 107,200 fr. de rentes par chaque jour de bourse, qui, au capital de 75 fr., représentent une somme de 1,608,000 fr., de laquelle il faut déduire 320,000 fr. pour le rachat journalier, par la caisse d'amortissement; ce qui laisse en circulation 85,870 fr. de rente, représentant un capital de 1,288,000 fr. par jour.

Il faudrait, ce me semble, être bien novice en affaires, connaître bien peu le caractère des capitalistes, et, disons-le franchement, des hommes en général, pour supposer que les capitalistes étrangers, avant de se livrer à des achats de fonds publics en France, ne voudront pas examiner le dégré de confiance que ce système obtiendra chez nous; et que, prévenus à l'avance qu'une vente journalière doit avoir lieu pendant toute l'année, ils n'attendront pas l'issue des premiers achats, pour s'assurer du cours auquel s'établiront les nouvelles rentes; eux qui, depuis plus d'un mois, que la rente est restée fixée de 60 à 61 f., n'en ont pas fait acheter, ou du moins en si petite quantité, que ces faibles achats n'ont eu aucune influence sur le cours, quoique, dans ce moment, il n'y ait presque point de rentes flottantes sur la place. Il résultera donc de cette circonspection inévitable de la part des étrangers, circonspection qui leur est prescrite par la prudence, de laquelle ils ne se départiront certainement pas en faveur du projet, il en résultera, dis-je, que nous serons livrés à nos propres ressources, et que l'auteur et ses 25,000,000 de rentes se trouveront, pendant les premiers mois, abandonnés à nos faibles moyens.

Et quel est l'effet que doit produire une semblable situation? Oh! sans contredit, une baisse énorme est difficile à déterminer; car l'auteur, comme je l'ai déjà observé, ne sera pas le maître d'en suspendre la négociation, puisque le produit, étant déjà calculé dans la recette, se trouve absorbé à fur et à mesure de ses rentrées par les besoins journaliers.

Loin donc que le prix de la rente puisse s'élever au-dessus de 75 fr., comme l'espère l'auteur du projet, il est plus que probable qu'il tombera à 50 fr., et peut-être au-dessous. Mais fixons-la à ce prix, que les hommes de bonne foi, qui connaissent la bourse, ne trouveront certainement pas exagéré.

Le premier résultat sera que les 25,000,000 de rentes, que l'auteur évalue devoir produire 400 milllions, n'en produiront que 250; et en mettant même de côté l'effrayant inconvénient d'un déficit de 150,000,000, dans le Budjet de l'année 1816, pendant laquelle nous avons à payer à l'étranger 320,000,000, tant pour la contribution de guerre que pour l'entretien des troupes, il s'ensuivrait de cette opération, considérée seulement sous le rapport financier, que le Gouvernement aurait reçu une somme de 250,000,000 pour le produit de 25,000,000 de rente, dont l'intérêt décroissant pendant l'espace de cinq ans fixés pour le rachat, étant de 25, 20, 15, 10 et 5 millions, s'éleverait à 80,000,000 ce qui ferait environ 33 pour 100 en dehors, et 50 pour 100 en dedans, sur le produit d'un capital de 250,000,000, soit 10 pour 100 d'intérêt par an.

Et remarquez que, dès la seconde année, il faudrait néanmoins rembourser une partie considérable de ce faible capital pour le rachat annuel de 5,000,000 de rentes; de sorte qu'il pourrait arriver que, dès la troisième année, nous eusssions absorbé le capital reçu, et qu'il nous restât encore à servir la rente des 15,000,000 restant, et à fournir par de nouveaux fonds au remboursement du capital; ce qui constituerait une perte de 300,000,000 sur un emprunt de 250. L'imagination la plus hardie recule d'épouvante devant une telle perspective, très-possible, et même très-probable.

Je sais bien que l'auteur peut me faire observer que la baisse que je redoute à la première émission des rentes n'aura pas lieu; que le bas prix actuel de nos fonds provient de ce que nous n'avons pas *un crédit fondé;* que son projet devant fonder le crédit, tout deviendra facile à l'aide de ce puissant levier; et que loin d'avoir à craindre la baisse des fonds publics, une hausse rapide et soutenue sera le le premier fruit que nous recueillerons de son projet.

Je crois avoir suffisamment démontré que le crédit ne pouvant s'établir sans le concours des capitalistes étrangers, nous ne devions pas l'espérer dans les premiers mois de la mise à exécution du système.

Rappelons-nous encore que les mêmes promesses nous avaient été faites par l'auteur dans le mois d'août 1814; qu'alors comme aujourd'hui, le crédit allait être fondé sur des bases inébranlables par la mise à exécution du système consacré par la loi du 23 septembre : *Hélas! treize jours de bourse virent naître et mourir les billets royaux!* (1) et cependant, l'exécution de ce projet fut confiée à celui qui l'avait conçu, *à cette tête assez hardie pour l'avoir osé proposer, à cette main assez habile pour le mettre en œuvre.*

Serait-ce donc parce que notre dette s'est accrue de plus *d'un milliard*, ou bien parce que nos ressources sont diminuées, que notre crédit serait plus facile à établir en 1816 qu'en 1814? tout bon Français voudrait bien pouvoir s'attacher à ces riantes espérances, mais la raison et la réflexion qui nous font découvrir des élémens contraires, les repoussent.

Et tel est encore l'effet du cercle vicieux dans lequel l'auteur du projet s'est renfermé, que, d'aucun côté, son système ne saurait présenter un avantage réel, lors même que ses chimériques espérances viendraient à se réaliser.

---

(1) Les obligations furent une conception neuve, hardie, fondée sur les principes du crédit, page 89 de l'Examen impartial du Budget.

Voici quel en serait le résultat.

L'auteur compte sur un produit de 400 millions par la vente de vingt-cinq millions de rentes; je consens à les lui accorder,

ci.	400 millions.
Intérêts de la 1re. année. . .	25
de la 2e.	20
de la 3e.	15
de la 4e.	10
de la 5e.	5
Remboursem. du capital. .	500
Total	575 millions

payables par cinquième dans l'espace de cinq ans, pour remboursement d'une somme de 400 milllions.

Ce qui, déduction faite de l'intérêt ordinaire sur la somme reçue, présente une perte réelle pour l'Etat de 115,000,000. Est-il raisonnable de penser que ce soit en ajoutant à l'énorme fardeau de notre dette une somme de 115 millions, que nous devons attendre une amélioration dans notre situation? et toutefois, c'est le plus beau côté, la chance la plus heureuse du projet de l'auteur. J'arrête mes observations à l'année 1816; que serait-ce, si je poussais seulement jusqu'à l'année 1817, et dans la supposition plus que probable que la rente serait descendue à 50 fr., l'auteur ayant porté en recette pour l'année 1817, plus de 13,000,000 de rentes au prix de 90 fr. ? nouveau déficit, 104,000,000. Dans quelle confusion, dans quel chaos se trouveraient nos finances avant la fin de la deuxième année ? quel est le ministre qui, dans une semblable situation, oserait se charger de rétablir l'équilibre entre les recettes et les dépenses ? la France serait-elle assez forte pour supporter le remède violent dont il faudrait bien faire usage ? Comment l'auteur du projet, qui a tant d'esprit, n'a-t-il pas été frappé des nombreux inconvéniens et des désastreux effets de son système, s'il était adopté ?

Le discrédit des billets royaux, en 1814, ne blessait que les intérêts des créanciers, n'humiliait que l'amour propre de l'auteur, si toutefois l'on doit être humilié pour s'être trompé (1).

Mais ici, qui oserait calculer les suites d'un déficit de 150,000,000 dans les revenus de l'année, aprés avoir réfléchi sur la nature de nos engagemens avec les étrangers, occupant nos places fortes, et pouvant, au moindre

---

(1) Je crois que l'auteur soutient de bonne foi et par conviction, un système erroné, page 17 de ma Lettre sur le Budget, 1er. août 1814.

sujet de mécontentement, et sur le plus léger prétexte de l'inexécution du traité du 20 novembre, exiger de nouvelles garanties dont ils seraient les maîtres de déterminer la nature et la quotité?

Je veux bien croire que, par le sentiment généreux d'une confiance fondée sur la noble loyauté de notre Monarque, et sur son désir de remplir fidèlement les engagemens contractés, ils n'éleveraient pas subitement de nouvelles prétentions; mais est-il sage, est-il prudent de leur en fournir le prétexte? et le système de l'auteur, ne renfermât-il que cet inconvénient, par cela seul devrait être rejeté, indépendamment des vices que j'ai signalés (1).

En effet, j'ai prouvé jusqu'à l'évidence, que les principes du projet de 1816 sont aussi faux dans leur application, que ceux qui constituaient le système de 1814;

Que celui-ci avait d'immenses avantages sur le système de 1816, et que néanmoins il s'était écroulé de lui-même;

---

(1) Je ne parle pas de cette large porte ouverte à l'agiotage par cette masse de 25,000,000 *de rentes au porteur*; des catastrophes et des malheurs sans nombre qu'elle enfanterait, et qui rendrait l'entrée de la Bourse si redoutable, que je doute qu'un banquier respectable, qu'un négociant honnête voulut la fréquenter.

Que l'application d'un système de crédit, tel que le conçoit l'auteur du projet, ne peut heureusement pas exister en France ; je dis heureusement, car il occasionnerait la ruine de la fortune publique, en même tems qu'il entraînerait les fortunes particulières (1). Nous ne ressemblons *en rien à l'Angleterre*, et nos intérêts ne sont pas les mêmes.

Le grand homme d'Etat de l'Angleterre, cet aigle de la finance, *Pitt*, en créant le système des emprunts qui a trouvé tant d'admirateurs, n'a fait que réunir et coordonner les élémens d'une prospérité locale qui existait sans lui : c'est la puissance du commerce, bien plus que l'habileté du ministre, qui a élevé l'Angleterre à ce haut point de prospérité où nous la voyons aujourd'hui, prospérité qui n'aura d'autre terme que celui de l'accroissement ou de la décadence de son commerce, dont on peut dire qu'elle est en quelque sorte le satellite.

Pitt créa les emprunts, parce que l'abondance des capitaux les rendaient non seule-

(1) En 1731, il fut publié un Mémoire anglais, pour prouver qu'un Etat devenait plus florissant par ses dettes. Il s'autorisait de l'exemple de la Grande-Bretagne ; on le traita d'extravagant.

ment faciles, mais encore nécessaires (1).

Nous avons vu, dans le dernier rapport de M. Vansittart, que les douanes anglaises avaient produit en 1815, 265 millions 400,000 francs; que les exportations en objets manufacturés seulement, s'étaient élevés à la somme *d'un milliard*; l'exportation des produits de l'Inde et de l'Amérique est incalculable, et je ne crois pas que ce soit une évaluation exagérée que celle de *six cents millions* pour tous les bénéfices que le monopole du commerce donne annuellement à l'Angleterre, pays qui occupe à peine la quarantième partie de la surface de l'Europe, et qui n'en possède au plus que la quatorzième en population; et cependant les bénéfices de tout le commerce de l'Europe réunis, ne s'élèvent pas au quart des bénéfices du commerce anglais.

Or, je prie l'auteur de *l'Examen impartial du Budget*, de m'expliquer comment et de quelle

(1) Les anglais ont un fonds suffisant pour faire le commerce de tout le monde, (Arithmétique politique 1691). Que l'on juge par l'accroissement du commerce anglais depuis 125 ans, et les immenses conquêtes qu'il a faites dans l'Inde, quelles doivent être ses richesses actuelles, et combien dans un tel pays les emprunts doivent être faciles.

manière il serait possible aux négocians de Londres d'utiliser les immenses capitaux résultant des bénéfices du commerce, si le Gouvernement ne les absorbait en partie par des emprunts annuels ?

Conçoit-on à quel taux s'éleverait dans un petit nombre d'années, le prix d'un arpent de terre, si une somme de 600 millions était employée, tous les ans, en acquisition de propriétés foncières dans un royaume aussi circonscrit que l'Angleterre ?

Les emprunts en Angleterre sont donc non seulement utiles, mais encore nécessaires, et ce royaume est dans une position si heureuse, si privilégiée, si exclusive à cet égard, qu'il peut défier l'Europe entière de réaliser, pendant *trois années consécutives*, des emprunts qu'il renouvelle *tous les ans* avec tant de facilité chez lui.

Cette vérité est si rigoureusement exacte, qu'en jetant un coup-d'œil sur cette dette immense, qui paraît d'abord si effrayante par sa masse, on ne trouve pas que les capitalistes étrangers y figurent *pour un vingtième*, quoique de tous les Gouvernemens, ce soit celui dont l'Administration des finances inspire le plus de confiance. D'où il résulte incontestablement que le Gouvernement anglais, ainsi que je viens de le dire, ne fait qu'absorber la partie surabondante des bénéfices du commerce qui, sans cet emploi, resteraient oisifs, et dépériraient dans les mains du négociant, en occasionnant bientôt un engourdissement qui finirait par tuer le commerce lui-même.

Ainsi, donc nulle comparaison à établir entre la France et l'Angleterre, malgré l'étendue et la richesse de notre sol, et notre nombreuse population; car, de même qu'un particulier qui posséderait un million de capital en fonds de terre, se ruinerait en empruntant 100,000 écus à l'intérêt de cinq pour cent, quoiqu'un négociant puisse s'enrichir en empruntant de plus fortes sommes à un intérêt plus élevé, de même la France courrait à une ruine certaine, en se livrant à des emprunts, bien qu'en Angleterre ils augmentent sa prospérité.

Aussi, je l'avoue, j'ai été singulièrement étonné, en lisant, page 120, de *l'Examen impartial du Budget*, « que c'est au crédit qu'un « pays dévasté devait recourir ». Comme si le crédit pouvait se fonder sur la misère, sur les ruines, sur les décombres! Ah! sans doute, il faudrait une *fée bienfaisante*, pour opérer ce prodige; mais qui pourrait y croire?

Le crédit n'est-t-il pas, au contraire, l'appanage (et l'Angleterre n'en est-elle pas la preuve la plus évidente) de la prospérité et de la richesse ?

Je suis, au reste, loin d'accorder au système des emprunts, lors même qu'ils sont, comme en Angleterre, fondés sur le crédit, la toute-puissance que leur attribue l'auteur de *l'Examen impartial du Budget*, et lorsqu'il nous dit, page 68, « que les emprunts et le crédit de » l'Angleterre furent les causes cachées, mais » efficientes de l'occupation de la France par « les étrangers ». Je ne puis oublier les paroles remarquables qui sortirent de la bouche de Pitt au Parlement d'Angleterre, après la bataille de Marengo. Ce grand financier, qui était aussi grand homme d'Etat, avait la vue plus étendue, et *ses yeux qui n'étaient pas débiles*, découvraient une autre puissance que celle des emprunts; et, sans entamer ici une discussion qui me menerait trop loin, et qui peut être paraîtrait impolitique, j'observerai que le crédit de l'Angleterre a été le même pendant vingt-cinq ans, et que néanmoins avant que nos armées eussent été sacrifiées par la plus folle et la plus cruelle ambition, les étrangers n'avaient pas entamé nos frontières.

Les finances, sous Louis XIV, n'ont certainement jamais été dans un état brillant de prospérité, et nous ne voyons pas cependant qu'elles aient empêché ce Monarque de répandre un tel éclat sur son règne, qu'il a mérité de donner son nom à son siècle.

Au surplus, quel est donc le merveilleux effet du crédit et des emprunts, et quelle serait la position de l'Angleterre elle-même, malgré l'habileté du fondateur de ce système et le talent de ses successeurs, si les sources de la richesse commerciale venaient à se tarir? Un simple coup-d'œil sur sa dette peut nous en donner une idée.

La dette de l'Angleterre était de 130,000,000 sterlings, soit 3 milliards de francs en 1775. La caisse d'amortissement que l'on venait de créer, devait en opérer l'extinction totale dans l'espace de trente-sept ans : nous savons qu'en 1814, trente-neuf ans après, elle était de 820,000,000 sterlings, c'est-à-dire, 19 milliards 680 millions de francs; elle s'est accrue de près de 800 millions en 1815, ce qui porte aujourd'hui la dette totale de l'Angleterre à environ 20 milliards 500 millions de francs.

Je ne crois pas que toute la magie des emprunts, la puissance du crédit, et l'habileté des ministres pussent long-tems soutenir l'énorme poids d'un tel fardeau, si, comme je l'ai déjà dit, le commerce ne venait l'aider à le supporter.

Eh ! c'est la France essentiellement agricole, et presque sans commerce maritime, que l'on voudrait jeter dans un système aussi aventureux ? Mais la plus légère réflexion, la moindre inspiration du bon sens rejettent de semblables projets.

La sagesse de MM. les Députés nous est un sur garant que la Chambre repoussera tout système d'emprunts qui ne ferait que réveiller cet esprit effréné d'agiotage, sinistre précurseur de notre horrible révolution, et qu'avait mis en vogue le banquier de Genève (1).

Messieurs les Députés attacheront leur système de finances aux deux grands pivots sur lesquels Sully avait fondé tout son système d'Administration, l'*ordre et l'économie*; loin donc, de rejeter de salutaires réformes et d'utiles réductions, comme l'auteur de l'*Examen impartial du Budget* le conseille, page 6,

---

(1) Necker fut rappelé par le vœu des banquiers et des capitalistes qui désiraient un confrère qui avait toujours rempli le déficit par des emprunts. *On sait où ce système nous a conduits.* « Necker est un banquier ; il ne verra le » salut de l'Etat que dans le cours des effets publics », disait le nestor du Conseil de Louis XVI, M. de Maurepas.

M. de Machaut en portait un jugement semblable : « Necker est un excellent banquier, il ne sera jamais un homme d'Etat ».

comme le conseillait le frivole (1) et spirituel M. de Calonne, Messieurs les Députés s'appliqueront à réduire les dépenses d'après les principes de la plus sévère économie.

C'est par l'économie que deux grandes puissances viennent de se reveler avec tant d'éclat, après des revers inouis. Ces exemples récens ne doivent pas être perdus pour nous; ils portent un autre caractère de solidité que la magie des emprunts.

---

(1) M. de Calonne avait convoqué, en 1787, les notables du Royaume, pour aviser aux moyens de combler le déficit. Il devait leur présenter un mémoire sur cet important objet; mais la veille du jour fixé pour la première assemblée, M. de Calonne ayant passé la nuit......., n'arriva que fort tard à l'assemblée. MM. les notables attendaient avec impatience la lecture du mémoire, lorsque M. de Calonne, sans se déconcerter, leur annonça gravement, que les quatre commis qui étaient chargés de le copier, s'étant endormis à la même table, une chandelle renversée avait brûlé le mémoire.

§. II.

De la Liquidation de l'Arriéré.

Il me reste à parler du mode de liquidation de l'arriéré.

Je serai presqu'obligé de copier ce que j'ai écrit en 1814, mon opinion étant la même aujourd'hui; *la consolidation sur le grand-livre de la dette publique au denier* 20; *une caisse d'amortissement indépendante dotée le plus avantageusement possible.*

Je ne détermine pas la somme à affecter à la caisse d'amortissement (1), parce qu'il me faudrait entrer dans tous les développemens de détail du Budget. MM. les membres de la commission qui en ont une connoissance approfondie, sont suffisamment en mesure de déterminer celle qui devra être affectée à l'extinction de la

---

(1) J'ai dit qu'en matière de finance, les calculs devaient être *positifs* et non hypothétiques : je ne veux pas imiter ces faiseurs de comptes ou *contes* qui, selon le bon plaisir de leur imagination, augmentent ou diminuent, d'un trait de plume, les revenus de l'Etat de 100 millions.

dette calculée sur le produit de nos revenus et la masse de nos besoins. Cette somme étant fixée, le mécanisme du mouvement de la caisse d'amortissement est une opération à la portée de tout le monde, et rien ne me paraîtrait plus oiseux qu'une dissertation sur ce sujet.

« Je ne me dissimule pas (1) qu'il y aura « des intérêts froissés. Le point capital est qu'il » y en ait le moins possible, et surtout beau- » coup moins qu'il n'y en aurait eu sous tout » autre ordre de choses que celui sous lequel » nous avons le bonheur de vivre (2) ».

Je ne pense pas que la justice la plus sévère, que la délicatesse la plus scrupuleuse puissent aller plus loin; et dans cette opinion encore, j'ai le bonheur de me rencontrer avec M. le duc de Gaëte, qui dit, page 7 de ses observa-

---

(1) Voir l'Ecrit intitulé : *Un Mot sur la Liquidation de l'arriéré* 1814.

(2) Au 30 du mois de mars 1814, les rentes étaient à 45 fr., les actions de la Banque à 475 fr.; les annuités, les bons de tabac, ceux des droits-réunis étaient sans prix; les fournisseurs sans ressource aucune, sans espérance même d'une liquidation : tout ce que leurs créances ont acquis de valeur, ils le doivent à l'auguste famille des Bourbons, au retour fortuné de notre légitime souverain, à Louis *le Désiré*.

tions: « Toutes les fois que des circonstances » impérieuses placent un débiteur dans l'im- » possibilité de s'acquitter, il n'a plus que le » choix des moyens qui peuvent diminuer le » dommage qu'éprouvent les créanciers ». Or, dans la position où nous nous trouvons, l'inscription sur le grand-livre est, je ne crains pas de le dire, le seul praticable ; il est le moins onéreux à l'Etat : et j'ajouterai que, puisque nous ne pouvons pas payer les créanciers comptant et en numéraire, il est aussi le plus équitable et le plus avantageux pour eux.

L'inscription de la dette arriérée sur le grand-livre est le seul praticable; car j'ai démontré que tout autre mode de liquidation n'était qu'un funeste essai (sans utilité pour les créanciers), qui ne servait qu'à prouver pour la millième fois, l'impuissance de l'autorité sur l'opinion qui *repousse toute espèce de papier*, et dont l'unique résultat était de renvoyer à la session suivante la liquidation de l'arriéré.

Ce mode est le moins onéreux à l'Etat; car personne ne contestera qu'il est toujours plus facile de payer des intérêts que de rembourser un capital. Or, d'après ce principe, ce mode n'est-il pas doublement préférable pour nous, qui avons des capitaux énormes à payer à l'étranger ?

Enfin, il est le plus équitable envers les créanciers. Ici, je suis encore obligé de copier ce que j'ai écrit le 1er. août 1814 (1) : « Le » premier acte de justice que vous puissiez » exercer envers les créanciers, le plus important *pour eux est une prompte liquidation.* » Et vous en serez aisément convaincus, lorsque » vous apprendrez que la plupart des fournisseurs ne trouvent à emprunter qu'à un et » demi et deux pour cent par mois, sur le dépôt » de leur créance (2) ».

La manière donc la plus efficace de venir au secours des créanciers, est d'accélérer la liquidation, et de leur mettre promptement dans les mains des valeurs qui représentent, non pas l'intégrité de leur créance, *vous ne le pouvez pas*, mais le titre de leur créance, mais le contrat qui constate que vous êtes leur débiteur d'une somme de...... dont vous payerez exactement chaque sémestre les intérêts, à raison de 5

---

(1) Lettre sur le Budjet, 1er. août 1814.

(2) Croira-t-on, en lisant cette phrase, qu'un anonyme osa publier, dans une dégoûtante diatribe, pleine d'injures et vide de raisons, en réponse à ma Lettre sur le Budget, que j'avais l'intention de prolonger l'état de détresse des fournisseurs, en demandant que la liquidation fût ajournée.

p. 100 l'an, jusqu'au moment où l'amélioration de notre situation et les salutaires effets d'une caisse d'amortissement indépendante, auront ramené le prix de la rente à un taux qui en rendra la réalisation facile et peu préjudiciable aux créanciers.

Or, pour venir promptement au secours des créanciers, pour accélérer la liquidation sans embarrasser ni le trésor, ni la marche de l'Administration, il n'y a, je crois, d'autre parti à prendre que l'inscription sur le grand-livre.

Je sais bien que les mêmes hommes qui nous promettent (pourvu qu'on veuille bien les laisser faire) une hausse rapide sur la rente, en en jetant 25,000,000 sur la place, dans l'espace de neuf mois, ne manqueront pas de dire que l'inscription de la dette arriérée sur le grand-livre produira une baisse épouvantable. Les contradictions sont la chose du monde dont ils s'embarrassent le moins.

Quant à moi, qui ne crois ni aux *fées secourables*, ni à la magie des emprunts, ni à l'empressement des capitalistes étrangers, j'avoue franchement qu'il est possible que la consolidation de l'arriéré occasionne, dans les premiers momens, une baisse sur la rente. Mais l'effet de cette baisse, qui ne saurait être considérable, ne sera encore que passager.

Car l'on verra d'une part, que ce mode de liquidation laissant au Gouvernement tous les moyens qu'il lui aurait fallu pour opérer le remboursement de la dette à des époques fixes et rapprochées, assure d'autant l'exactitude dans le payement des intérêts, qui est le but principal d'un bon système de consolidation, et auquel se rapportent les vœux de tout propriétaire de rentes.

Les créanciers liquidés, il est vrai, ne seront pas généralement en position de se contenter du revenu, et d'en laisser le capital en fonds consolidé; mais les plus pressés pour la réalisation, trouveront du moins dans la mise en possession de la rente, des moyens d'emprunter bien autrement avantageux qu'ils ne le trouvent sur le dépôt de leur créance, puisqu'ils pourront emprunter sans payer d'intérêt, ou presque point; ce qui, quoiqu'exact, a besoin d'explication pour ceux qui ne connaissent pas le jeu des effets publics, et qui sont étrangers aux opérations de la bourse : or, voici ce qui se passe sur ce papier.

Tout le monde sait que la rente donnant 5 pour 100 d'intérêt, produit 42 cent. par mois, moins une très-petite fraction.

Les *reports* sur la rente sont, depuis trois ans, de 20 à 30 cent. par mois; quelquefois on les a vus plus élevés, souvent plus bas, d'autre fois au pair, et dans certaines occasions même ils se faisaient avec perte.

On appelle *report*, la différence qui existe entre le prix de la rente au comptant, et celui de la rente à la fin du mois.

Ainsi, je suppose qu'un créancier de l'Etat soit liquidé pour 5,000 francs de rente, représentant 100,000 francs de capital, il emprunte à l'instant 60,000 francs sur sa rente, en la vendant à ce prix au comptant, et en la rachetant à 60 fr. 30 c. pour le mois suivant. Cette opération lui coûte 30 c. de report; plus, 10 c. de frais pour le premier mois, et 5 c. pour les mois suivans. Or, en la renouvelant pendant un an, le propriétaire de la rente aura éprouvé une perte de 4 fr. 25 c. Mais, comme la rente aura produit un intérêt de 5 francs, il en résultera un bénéfice de 75 cent. au profit de l'emprunteur, qui aura joui pendant douze mois d'une somme de 60,000 francs sans aliéner sa rente; de manière qu'il profitera encore de tout le bénéfice résultant de a hausse que la confiance dans un Gouvernement légitime, sage et économe, ne manquera pas de produire.

Ainsi donc, la baisse de la rente ne saurait être ni bien sensible, ni d'une longue durée, et les créanciers de l'Etat trouveraient dans la possession de son inscription, des ressources que nul autre mode de liquidation ne peut leur offrir, puisqu'aucun autre papier ne leur donnerait les moyens d'emprunter sans payer un fort escompte et sans aliéner leur titre, quel que fût le discrédit dans lequel il serait tombé.

Les craintes d'une forte baisse sur la rente, par l'effet de l'inscription sur le grand-livre, me paraissent d'autant plus mal fondées, que, quelle que soit l'activité donnée à la liquidation, je ne pense pas qu'elle puisse dépasser *un million par jour ou trois cents millions par an*, ce qui constitue une rente de 15,000,000 pour la première année.

En supposant donc, et cette supposition est très-présumable, qu'un quart des créanciers puisse attendre un an la réalisation de la rente, que le second quart emprunte d'après le système des reports que je viens d'indiquer, il résulterait que la moitié de la somme liquidée, c'est-à-dire 7,500,000 fr. de rentes seulement, seraient mis à la vente dans le courant d'une année.

Peut-on craindre de bonne foi une baisse sensible par l'émission d'une aussi faible quantité de rentes, soutenues d'ailleurs tous les mois par les rachats de la caisse d'amortissement et par la force de l'opinion publique, que l'on peut bien égarer pendant quelque tems, à l'aide de brillans sophismes, mais qui finit toujours par adopter le système le plus raisonnable, et qui verrait déjà dans une combinaison si simple et si naturelle, l'Administration marchant graduellement sans secousse, sans effort, et d'un pas égal vers un mieux qui ne serait plus hypothétique.

Non, je ne le pense pas, la baisse de la rente ne serait pas considérable; elle ne serait pas prolongée; le payement exact du premier sémestre la reporterait à un taux d'où elle n'aurait plus à craindre de descendre; et s'il est vrai que la base du crédit est l'assurance sur les conventions publiques, le moyen d'assurer les conventions est de ne pas prendre des engagemens au-dessus de ses forces.

Ce mode de liquidation, que je crois *le seul possible*, *le seul admissible*, ne me permet pas d'adopter la proposition de M. le duc de Gaëte, relative à l'admission de la rente en payement des forêts. Ce n'est qu'avec une extrême circonspection et presqu'en tremblant, que j'ose n'être pas de son avis. Mais la conviction que nous ne devons admettre aucun papier flottant dans notre système de finances est si grande chez moi, le souvenir des désastreux effets de tous les papiers auxquels on a assigné de semblables remboursemens est si récent, que rien ne saurait me faire départir de mon opinion sur cette question (1).

Je ne partage pas non plus l'opinion des partisans de la vente des forêts; et sans admettre entièrement les craintes de Sully, qui pourtant était un grand administrateur, et qui vivait dans un tems où la France possédait bien plus de forêts qu'elle n'en possède aujourd'hui, je pense qu'il est utile de conserver celles qui nous restent; *la révolution ne les a que trop mutilées.*

Il n'en est pas des forêts comme de toute autre propriété territoriale, dont la culture fait fructifier tous les ans le germe des semences qu'on lui confie. Il faut plus d'un siècle pour rendre un chêne propre à certaines constructions; et lorsque l'on considère les abus qui se sont introduits dans l'exécution des lois forestières, et avec quelle facilité l'on obtient l'arra-

---

(1) M. le duc de Gaëte lui-même, malgré la confiance qu'inspirait la sagesse de son administration, n'a pu soutenir le crédit de 132,000,000 d'annuités hypothéquées sur 300,000,000 de biens communaux, et admissibles en payement de ces biens.

chis des bois et le défrichement du sol, il est permis de faire des vœux pour la conservation de forêts qui nous restent.

Les faibles avantages qui résulteraient pour le fisc d'une augmentation de revenu, sont trop minimes pour être mis en balance avec les intérêts d'un ordre supérieur, qui nous ont fait considérer jusqu'à ce jour les forêts de l'Etat comme le plus bel appanage de la Couronne. Et si pendant vingt-cinq ans nous avons parcouru le cercle de toutes les erreurs politiques, ne nous jetons pas tête baissée dans les erreurs non moins funestes de l'Administration. Accordons quelque chose à la sagesse de nos pères, *consultons l'expérience des tems antérieurs;* et, pour l'honneur de la raison et la gloire de la France, plaçons l'immortel Sully *un peu au-dessus* de certains Administrateurs modernes.

Quels motifs, d'ailleurs, pourraient nous déterminer à vendre les forêts, aujourd'hui que toutes les propriétés sont avilies, et que le défaut de concurrence de la part des acheteurs ne permettrait peut-être pas d'en effectuer la réalisation, même au prix le plus bas? Est-ce dans un moment où nous avons tant besoin de réunir et de ménager les ressources qui nous restent, que nous devons inconsidérément sacrifier les plus précieuses ?

Serait-ce le respect dû à la loi du 23 septembre ?

Rien, sans doute, ne doit être plus sacré que l'exécution d'une loi dont la violation blesserait les intérêts les plus légitimes des citoyens.

Mais la loi dont il s'agit n'est pas du nombre de ces lois fondamentales et absolues qui forment les colonnes sur lesquelles repose l'édifice social. La loi du 23 septembre 1814 est une loi de finance et purement financière ; elle était le point d'appui du Budget de 1814, et d'un système qui n'a pu arriver au quatorzième jour de son existence : elle était une émanation de ce Budget par qui et pour qui elle existait. Le Budget a disparu ; pourquoi la loi ne disparaîtrait-elle pas ? C'est un essai malheureux d'où nous devons retirer tous les matériaux qui y avaient été employés, pour en construire sur d'autres bases un édifice plus solide.

Le Budget, d'ailleurs, ne devant jamais être voté que pour un an, les lois qui en découlent peuvent être rapportées ou maintenues à la session suivante, selon qu'elles sont reconnues bonnes ou mauvaises.

Je me résume.

Je pense que la conservation des forêts est une mesure sage et conforme aux principes de l'économie politique et d'une Administration prévoyante ;

Que la liquidation de la dette doit s'opérer par l'inscription sur le grand-livre ;

Et enfin, que l'établissement d'une caisse d'amortissement indépendante est indispensable (1).

---

(1) Le Budjet de 1814 avait ajourné l'établissement d'une caisse d'amortissement.

VICTOR CASSAS.

Cours des billets royaux portant 8 *pour* 100 *d'intérêt, et payables dans trois ans, créés par la loi du* 23 *septembre* 1814.

Bourse du 23 nov. 1814,	$3\frac{1}{3}$	perte par an, soit	10 p. $\frac{0}{0}$.
28 nov.	$4\frac{1}{3}$		13 p. $\frac{0}{0}$.
30 nov.	5		15 p. $\frac{0}{0}$.
5 déc.	$6\frac{2}{3}$		20 p. $\frac{0}{0}$.

On en suspendit l'émission, et on commença à faire racheter ceux qui avaient été émis.

www.ingramcontent.com/pod-product-compliance
Ingram Content Group UK Ltd.
Pitfield, Milton Keynes, MK11 3LW, UK
UKHW021522260726
13993UKWH00004B/1831